AF360246

LA
NOUVELLE HELOÏSE
DÉVOILÉE.

A BRUXELLES

Et se trouve A PARIS,

Chez Antoine Boudet, Imprimeur du Roi,
rue Saint Jacques.

M. DCC. LXXV.

LA
NOUVELLE HÉLOÏSE
DÉVOILÉE.

L A nouvelle Héloïfe de M. Rouffeau eft peut-être le Roman hiftorique & philofo-phique, qui mérite par plus d'endroits l'attention d'un obfervateur. Il a fixé nos regards par le caractere d'efprit qui y regne, & qu'on dévoilera, par la philofophie apologétique des deux amans qui en font les héros, & par quelques particularités de leur intrigue, qui nous fourniront la clef d'un autre ouvrage de l'Auteur. On s'eft principalement propofé de combattre, avec les armes de la faine philofophie de la nature, la philofophie corrompue de la nouvelle Héloïfe, & de faire voir jufqu'où l'efprit du fyftême d'où elle découle, a été porté par M. Rouffeau, afin de préparer les voies à un fyftême fort différent du fien.

L'intrigue des deux Amans (Julie & Saint-Preux) dont il faut d'abord retracer le tableau, eft dans fes premieres circonftances d'une fingularité affez plaifante. Julie a, pour la perfection de fon éducation, un jeune précepteur, qui ofe mêler à fes leçons des déclarations d'amour par écrit. La premiere réponfe qu'il en obtient, eft l'aveu formel qu'elle l'adore, que tout la livre à lui malgré elle, & fomente l'ardeur qui la dévore.

Cette amoureufe fi naïve & fi vive, s'eft bientôt avifée de confier fon honneur à l'honneur de fon Amant : enfuite touchée de ce que la garde d'un dépôt de cette nature coûtoit au dépofitaire, elle a médité de lui prodiguer une de fes plus tendres faveurs, *par générofité.*

Dans cette vue, le gardien d'honneur a été conduit dans un bosquet
par Julie, & par une jeune Cousine
toute préparée au rôle de complaisante : là, il n'a sçu à laquelle
entendre ; surpris par un baiser de la
petite complaisante, puis livré à l'ardeur de la nouvelle Héloïse, qui,
dans ses amoureuses étreintes, n'a
quitté prise qu'en succombant à une
luxurieuse pamoison.

L'Editeur a estimé cette scene
indécente digne d'être représentée
dans la premiere estampe d'un recueil publié (suivant sa Préface)
comme propre à faire plus de bien
qu'un meilleur livre. (*a*)

Avant la générosité du premier
baiser de Julie, Saint-Preux avoit
jugé à propos de lui remettre la
garde de son honneur : il en est
venu à l'attaquer, & elle ne s'est
pas défendue : il s'est arrêté, malgré l'impétuosité de ses transports,

---

(*a*) Voyez cette Préface en forme d'en-
tretien, où M. Rousseau s'est modestement
contenté de la qualité d'Editeur.

& elle l'a rendu pleinement entre-prenant *par pitié*.

Cette Amante si compatissante auroit bien voulu se repentir ; mais elle n'en a pas eu le pouvoir. « Dieu, s'est-elle écriée, quel état » de ne pouvoir supporter son » crime, ni s'en repentir » !

Dieu ! quelle menteuse que l'hypocrite qui a feint de ne pouvoir supporter un crime dont elle ne se repent pas, & qui n'auroit été insupportable que par le poids accablant du repentir.

Dans l'impuissance d'être repentante, Julie a pris le parti de donner d'elle-même des rendez-vous. S'il semble qu'elle ait sacrifié le premier à la vertu bienfaisante, elle n'a rien oublié pour assurer les plaisirs du second. Mais l'Amour n'est pas toujours heureux dans ses rendez-vous les mieux arrangés. Julie déconcertée par la vigilance de sa mere, l'a traitée de plus cruelle des meres, dans une lettre étincelante du feu de la colere, qui a été poussée jusqu'à rappeller son Amant & le faire coucher dans fon lit. Quelle héroïne de Roman moral pour être prévenante !

Déja l'aimable fille (*a*) avoit renié les reftes des fentimens de la nature envers fes pere & mere, en difant : *Pardonne, ô mon doux ami, ces mouvemens INVOLON-TAIRES.* De - là elle en eft venue à faire mourir de chagrin fa mere, puis à dire à la fuite de fes regrets : *Non, non, je connois mon crime, & ne puis le haïr.*

Son pere, le Baron d'Etange, qu'elle a laiffé furvivre, a été réduit à tomber à fes pieds, pour la conjurer de ne le pas faire defcendre au tombeau, comme celle qui l'avoit portée dans fon fein. Cette aimable fille, s'étant pourtant laiffé fléchir, en a été fi fâchée, qu'elle a écrit à fon Amant en ces termes :

« Je fuis laffe de fervir une chimé-
» rique vertu. » (La vertu qui avoit garanti du tombeau fon pere)

(*a*) *Mes jeunes gens font aimables.* Seconde Préface de Julie.

« Le plus sacré de mes devoirs n'est-
» il pas envers toi ? ..... C'est en vain
» qu'une voix menfongere mur-
» mure au fond de mon cœur : » (la
voix de la piété filiale) « elle ne
» m'abufera plus. . . . . . . O douce
» nature ! (fa paffion forcenée)
» j'abjure les vertus qui t'anéan-
» tiffent ».

Telle eft l'héroïne que l'Editeur
a célébré avec fon Amant, de cette
maniere : *Leurs cœurs honnêtes por-
tent par-tout les préjugés de la vertu.*

Saint - Preux n'a pas moins jufti-
fié cet éloge collectif. C'est un maître qui a abufé de la confiance d'une
mere, en violant fon écoliere ; qui
a réitéré fes follicitations pour l'enlever ; qui l'a pervertie jufqu'à lui
infpirer les difcours d'une fille dé-
naturée ; qui pour comble de cor-
ruption a confacré le viol, en ré-
pondant à fon écoliere violée: *Qu'as-
tu fait que les Loix divines & humaines ne puiffent & ne doivent
autorifer ?*

Après avoir mis le crime de
viol fous l'autorité du Ciel, pour

bannir tout scrupule du cœur de Julie, le cœur honnête de Saint-Preux n'a pas dissimulé qu'il détestoit la vertu qu'elle exigeoit de lui : il a même insulté la vertu dans une autre occasion. *Insensée & farouche vertu , je t'abhorre en faisant tout pour toi.*

Ce mécréant ne faisoit qu'une promesse de se montrer vertueux, pour ne pas hâter la mort de sa bienfaitrice ; & il disoit en même temps : *Qu'est-ce que la vie d'une mere , auprès du sentiment délicieux qui nous unissoit ?* A cette mere victime expirante de ses abominables amours, le barbare a marqué qu'il ne dépendoit pas de lui de se repentir.

Ce petit scélérat n'a pas laissé de prétendre sans cesse à la vertu. « Quant à l'honneur d'un homme » de bien », a-t-il répondu aux menaces du malheureux Baron d'Etange, « il m'appartient, je le » conserverai pur & sans tache ».

L'homme de bien, qui avoit renoncé deux fois par écrit à Julie, a repris ſes ſourdes manœuvres, pour l'enlever ; ſinon elle ne l'eût pas averti qu'elle ne quitteroit pas la maiſon paternelle pour le ſuivre, & il ne l'auroit pas traitée de fille trop ſoumiſe, & d'amante ſans courage

Déchu du dernier eſpoir d'être le raviſſeur de ſon écoliere, l'homme de bien s'eſt retourné, & a fait l'office du plus dangereux corrupteur, par des leçons d'adultere, enveloppées ſous le voile de la vertu.

« Jamais ce cœur ne brûla d'un » feu ſi ſacré ; jamais ton inno- » cence & ta vertu ne lui furent ſi » cheres. . . . . . Pourquoi voudrions- » nous ſuivre, avec une ſimplicité » d'enfant, de chimériques vertus » que perſonne ne pratique » ?

De la doctrine vulgaire de l'adultere reſſaſſée ſous le nom des philoſophes, le tartufe eſt revenu au langage de la vertu ; ſi bien, que l'innocente écoliere, ſur la foi du feu ſacré de ſon maître, a médité ſans ſcrupule des adulteres, en parlant auſſi de vertu.

On n'apprend nulle part, comme à l'école des deux Amans, à porter par-tout les préjugés de la vertu, c'eſt-à-dire, à la profaner, ou à la jouer par des retours artificieux, pour ſe donner l'air de vertueux perſonnages, après le langage du vice. Ouvrez la lettre d'abjuration de Julie, vous verrez comme elle ſe dévoue aux vertus filiales, abjurées dans la même page ; & comme dans la force de ſon ſacrifice, cette impertinente héroïne déclare qu'elle ne peut haïr le crime d'avoir donné la mort à ſa mere.

La voilà enfin mariée, époque d'un mouvement ſubit de converſion, qui a été le ſujet d'un deſſein criminel pour notre homme de bien. Il a menacé de ſe tuer, non pas préciſément à cauſe du mariage de ſa maîtreſſe, mais parce que ſuivant ſon ami Edouard, elle vouloit être une honnête femme.

Bon Dieu ! quelle converſion que celle de cette nouvelle épouſe ? « Si, dit-elle, deux amans ceſſerent » d'être chaſtes, le Ciel & la na-

» ture autorifoient les nœuds qu'ils
» avoient formés ».

La nouvelle Héloïfe eft fi fincére-
ment convertie, qu'elle ofe infül-
ter à la vertu de la chafteté, & au
Ciel même, en lui faifant approuver
les nœuds impurs de fon concubi-
nage : ce n'eft pas là jouer habilement l'Amante réformée.

« On tombe enfin dans le gouffre,
» & l'on fe reveille épouvanté de fe
» trouver couvert de crimes avec un
» cœur né pour la vertu ».

A la vue de cette peinture du
cœur de Julie, croira-t-on que les
crimes d'adultere dont elle parle
par anticipation, ne la regardent
pas? parce que la friponne s'eft
reprife pour donner le change.
Voici bien autre chofe de la part
de fon Amant.

» Je fens pourtant qu'une ardeur
» fecrete me rend le courage que
» veulent m'ôter les remords ».

Des remords dans le Philofophe
Saint-Preux ! & pour des jouiffan-
ces futures, ce n'eft pas encore
là jouer habilement la vertu.

L'explication de tout ce myſtere eſt que les deux Amans ont brûlé plus ardemment que jamais l'un pour l'autre, aux yeux faſcinés du pauvre mari, ainſi qu'il a coutume d'arriver en pareil cas ; mais ce qui n'étoit pas encore arrivé, le bon homme, pour ne s'être défié de rien, figure avec les deux hypocrites dans l'eſtampe des trois belles ames.

Oh la belle ame que celle qui a manqué de répondre à la ſotte confiance de l'époux par l'action d'un ſcélérat ! car loin de ſoutenir l'honneur de l'eſtampe, l'amant de Julie, tranſporté de rage de la voir appartenir à un autre époux que lui, a failli de la précipiter dans le lac de Geneve, pour terminer enſemble leur deſtinée dans les flots.

Autres anecdotes du même, révélées par ſon ingénuité Helvétique : ſujet à s'enyvrer dans le cours de ſes amours, enclin malgré elles, à un vice ſecret qui lui a fait remontrer par ſa douce maîtreſſe, qu'il couroit à la mort, en croyant fervir la nature (*a*) : il a en outre confeffé avec componction ce qu'il a fait à Paris, dans un lieu de débauche, avec une femme proftituée, le tout fans rien rabattre de fes prétentions à la vertu, qui lui ont fait fuppofer cette louange adreffée à fa perfonne : « Vos paf- » fions vous ont laiffé vertueux : » voilà toute votre gloire : elle eft » grande, fans doute ».

Ce n'a pas été fous le nom de Saint-Preux, que M. Rouffeau dans fon ample Préface, s'eft encore fait glorifier en ces termes : « Vous por- » tez vous-même un nom qui n'eft » pas fans honneur ». Ce qui n'a pas empêché M. de Voltaire de prendre la liberté, dans fes mêlanges, de qualifier ce célebre Philofophe de *Charlatan*.

(*a*) La raifon qu'on peut donner de ces turpitudes, mifes au jour dans la nouvelle Héloïfe, à la honte du héros, eft vraifemblablement le deffein de l'Editeur, de montrer combien il a été éloigné de publier un pur Roman.

A la fin de l'humble Préface, qui attefte l'honneur du nom de l'Auteur, celui-ci s'eft vanté d'avoir pris foin qu'on ne trouvât pas qu'il s'y fût ménagé. Effectivement il ne s'eft pas épargné en dictant les plus minces objections à fon Interlocuteur, afin d'avoir lieu de relever le mérite de fon recueil, comme propre à porter les lecteurs au bien.: il s'eft fi peu ménagé, qu'il a fait trouver par fon Critique factice, fes principaux Acteurs trop fupérieurs aux mœurs du temps, pour fe perfuader que de fi étonnans perfonnages ayent réellement exifté, notamment Julie & fa Coufine, vile complaifante, & niece à la fois perfide, qui par une derniere trahifon a écarté un oncle trop confiant pour amener devant le lit de fa fille malade un Amant extravagant devenu le fléau de fa maifon.

Quoique tout décéle cet Amant, & le montre à découvert dans la perfonne de l'Editeur, il a eu la précaution de noter que Saint-Preux étoit un nom fuppofé,

A vij

de peur que lui Jean-Jacques Rouſſeau ne riſquât ſous ce voile d'être
méconnu des Lecteurs pour l'aimable héros de la nouvelle Héloïſe.

Il eſt ſenſible qu'un reſte du
preſtige enchanteur de l'amour dans
le Panégyriſte de cette Héroïne lui
a dicté dans ſa Préface, cette apo-
logie : *Elle aimoit la vertu qu'elle
offenſoit.* Ce n'étoit pas en renou-
vellant ſes avances pour l'offenſer
de plus en plus, qu'elle l'aimoit, ni
en s'emportant contre ſa mere, juſ-
qu'à l'appeller la plus cruelle des
meres, pour avoir troublé ſon rendez-vous, ni lorſqu'elle en donnoit,
de dépit & de rage, un autre dans ſon
lit. Il lui en eût extrêmement cou-
té pour ſe contraindre à pratiquer
la chaſteté : elle ne l'aimoit donc
pas ; car l'amour d'une vertu en
rend la pratique douce & facile,
malgré cette maxime de la nouvelle Héloïſe : *Il n'y a pas de vertu ſans force (a)* : oui pour celui

______

(a) On ne contredit cette maxime, que
comme étant donnée trop généralement pour

qui n'en aime véritablement aucune. Notre ame n'a pas besoin de
force pour nous engager à la pratique des vertus qu'elle chérit.
Que l'amour du bien soit notre af-
fection dominante, nous ferons tous
des gens de bien sans le moindre
effort.

A Dieu ne plaise que nous refu-
sions de rendre justice au goût de la
vertu, qui tend à contrebalancer le
poison du vice, dans la plus grande partie de la nouvelle Héloïse. Le plus grand mal de ce sin-
gulier Roman est la philosophie
perverse, qui s'est attachée à y jus-
tifier les excès d'une passion forcenée, sous le nom de la philosophie
morale de la nature. Cet important

---

vraie : elle ne l'est que pour les cœurs qui
sont dans une disposition contraire à la vertu : elle devient fausse à l'égard de toute vertu
qu'on aime à cultiver. Combien de vertus
qui ont été aussi peu des actes de force que
celles dont le premier homme de lettre de
nos jours s'est plu à nous donner l'exemple,
soit envers la petite-fille du grand Corneille,
soit envers les Calas & d'autres infortunés,
soit envers les Colons obérés de son do-
maine !

objet de notre examen critique demande que nous revenions fur nos pas, & que nous procédions philofophiquement.

Il eſt de l'effence de la philofo-phie morale de la nature, d'être une fcience entiérement compofée de fages maximes les plus propres à régler les mœurs, conformément au meilleur ordre moral, fans quoi elle deviendroit, à certains égards, la doctrine du vice, & ne mériteroit point d'être appellée la fcience de la fageffe. D'après ce principe, il n'y a qu'une faufe philofophie, qui a enfeigné à Julie, qu'en fe laiffant violer, elle n'avoit rien fait que les Loix divines & humaines ne puif-fent & ne doivent autorifer.

La morale naturelle n'a rien d'abfurde ; & il y a de l'abfurdité à ériger en maxime, que le viol d'une jeune écoliere, qui s'eſt aban-donnée, fans aucune retenue, à fon indigne Maître, doit être approu-vé, de concert par deux ordres de Loix, fagement établies pour condamner & réprimer tout ce qui

attente à la chaſteté des mœurs.
Dès que ces Loix n'ont pas l'effet
rétroactif de juſtifier des fautes contre la chaſteté, antérieures au lien
conjugal, comment le conſente-
ment poſtérieur de Julie, de n'être
jamais qu'à ſon ſéducteur, eût - il
pu ſuffire pour changer la nature
de ſa premiere faute, au point de
rendre honnête ce qui ne l'étoit pas
auparavant ?

Le perſonnage d'amante prévenante qu'on lui a vu ſoutenir, n'eſt-
il pas indécent ? ne choque-t-il pas
la loi naturelle de ſon ſexe qui lui
recommandoit au moins la dé-
fenſe ? & le mépris de cette loi
de retenue & de décence, gravée
dans ſa nature morale, ne carac-
tériſe-t-il pas une amoureuſe déſ-
honnête & avilie ? Nier que la nouvelle Héloïſe, ſoit à la rigueur, une
héroïne mépriſable dans ſes a-
mours, c'eſt méconnoître la premiere regle naturelle de l'honnête
pour la femme (a).

____

(a) Si M. Rouſſeau , par une licence ro-
maneſque , a imaginé de convertir Julie en

Il n'y a point de loi facrée de la nature que notre héroïne ait bravé avec autant d'audace que les vertus filiales, formellement abjurées, fous prétexte qu'elle s'étoit donnée à Saint-Preux. C'eft fur le même fondement qu'elle lui a écrit : *Le plus facré de mes devoirs n'eft-il pas envers toi* ? & que cet Amant avoit répondu au Baron d'Etange : *Mes droit font plus facrés que les vôtres.* Un philofophe qui parle de devoirs & de droits facrés, doit raifonner fur de vertueux principes.

----

une amante fort prévenante, à la décharge de fon Maître, il s'en faut de beaucoup que cette fiction réfléchie ait été heureufe. La plus rigoureufe loi pour un Auteur de Roman eft de ne point avilir fes héros : au moins l'amour entreprenant du précepteur Saint-Preux, ne l'auroit pas rendu un vil coupable, pour avoir joué jufqu'à fon dernier période le rôle donné par la nature à tout homme amoureux, qui eft l'attaque. Mais une amoureufe auffi prévenante que Julie, fort du caractere diftinctif & naturellement marqué de la femme : elle devient à jufte titre l'opprobre de fon fexe, en bravant les fentimens de retenue & de bienféance qui font la bafe naturelle de fon mérite.

En fuivant cette méthode, on ne
connoît d'autres droits que ceux de
la vertu, ou ceux qui ne la choquent
pas, ou ceux qui font revêtus
d'une fanction divine. Les préten-
dus droits de Saint-Preux étoient
fi éloignés d'être facrés, qu'ils cho-
quoient, anéantiffoient les vertus
filiales avec l'autorité paternelle.
L'amoureux engagement de Julie
ayant le même défaut, c'eft un
renverfement de la morale naturelle de faire confifter le devoir le plus facré de cette fille
à tenir une promeffe qui offenfoit
les premieres vertus de fon état,
ainfi que les droits de la paternité.
La faine philofophie de la nature
eft fondée à les maintenir pour
facrés, non-feulement comme droits
du fang, mais comme étant fi in-
timement liés à la piété filiale, qu'ils
en conftituent l'obligation naturelle.

Tous les Philofophes tomberoient
d'accord que les droits d'un pere,
& conféquemment les devoirs d'une
fille ne devroient pas dépendre du

vœu de son amour passionné, si tout systême de philosophie morale étoit un, c'est-à-dire, totalement relatif au regne de la vertu ; d'où on concluroit unanimement que la philosophie qui a transformé l'engagement d'une jeune amoureuse en un droit sacré pour l'objet de sa passion, qui l'a enhardie à dire qu'elle se doit plus à lui qu'à son pere, & à traiter de voix mensongere le murmure intérieur de la piété filiale, on concluroit qu'une telle philosophie n'ayant pas le beau moral pour unique regle de toutes ses maximes, est à la fois contradictoire avec elle-même, monstrueuse & en opposition avec celle de la nature, qui est & doit être une en tous ses points.

Suivez à la trace cette même philosophie qui contredit, anéantit la pieté filiale, (cette partie capitale du systême moral de la nature) vous la verrez ailleurs fidelle à son principe, feindre la qualité d'orphelin dans Emile, afin de retrancher de l'éducation la culture

des vertus filiales, & cela fous prétexte de former l'homme de la nature. Quoi ! pour former l'homme
naturel, il faut laiffer périr dans
un enfant des fentimens fi naturels
& fi juftes, que leur entiere ex-
tinction eft regardée chez toutes
les nations civilifées comme le
fçeau de la dépravation d'un être
dénaturé.

La doctrine philofophique que
nous avons commencé à refuter,
continue de paffer pour la philofophie de la nature, parce qu'elle
eft fondée fur le fyftême de l'abfolue liberté de l'homme, regardé
des Philofophes comme le pur fyftême de la nature. Nous nous ré-
fervons d'aller attaquer jufques
dans fes derniers retranchemens
une philofophie qui, chez M. Rouffeau, ne differe pas du fanatifme
de la liberté. La premiere fource
de ce fanatifme en lui eft facile à
appercevoir dans une partie hiftorique de fon Roman, d'autant plus
digne d'attention qu'il ne faut pas
chercher ailleurs la raifon de tout

ce qu'il a écrit avec la chaleur de la paffion contre l'ordre focial.

Rien ne paroît avoir tant contribué que les defordres & le trifte fort de la paffion, qui eft l'ame de la nouvelle Héloïfe, à infpirer à l'auteur fes leçons de morale dignes du fyftême qui leur fert de fondement. Senfible au beau moral ainfi qu'aux charmes de fon écoliere, le maître de Julie s'étoit montré un jeune homme bien né, qui eut été éloigné de fe tant prévaloir de ce dangereux fyftême pour corrompre, s'il ne fut pas devenu auffi malheureux que peu chafte dans fes amours. La nature fi favorable envers lui, l'avoit fait pour profeffer la philofophie de la vertu plutôt que celle qui a traité de chimériques les vertus contraires à ces amours effrenées (*a*).

(*a*) Si la vraie philofophie étoit celle qui eft affortie au fyftême de la plus abfolue liberté, elle ne feroit pas la bonne : elle ne doit pas être la vraie philofophie morale, fi l'efprit de cette fcience eft un efprit de fageffe & de vertu.

C'eſt par une ſuite de la même paſſion que M. Rouſſeau s'eſt déchaîné dans ſon Héloïſe & dans ſa derniere Préface contre la puiſſance paternelle, au point d'avoir appellé cette autorité ſacrée l'*inique deſpotiſme des peres*. D'où ce trait violent eſt-il venu ? ſi ce n'eſt du refus invincible du Baron d'Etange d'avoir accepté pour gendre le pauvre diable de Précepteur qui étoit l'idolâtre amant de ſa fille, non moins folle que lui.

A préſent il eſt manifeſte que le fameux traité de l'inégalité des conditions n'a pas eu auſſi une autre origine. Le dépit de la folie amoureuſe de l'Auteur ſacrifiée à la nobleſſe de la condition, a viſiblement engendré dans ſon ſein cette production, qui reſſemble à un délire philoſophique. Pourquoi ce ramas de bouillantes déclamations contre la diſtinction civile des différens états de la ſocié té ? (*a*) c'eſt que la diſtance qu'elle

----

(*a*) L'inégalité des conditions n'eſt point

a mile entre un Précepteur & un Baron Suisse, a été la raison dirimante qui a detourné l'un d'accorder sa fille à l'autre. A l'éclat du ressentiment de celui-ci contre l'ordre social, (*a*) qu'il accusoit de sa cruelle infortune, on reconnoît moins l'impartialité du Philosophe de la nature, que la clameur d'une victime souffrante qui se venge.

Le concours des mêmes causes,

---

un ordre factice : elle est dans la nature de la chose ou de l'état social, nécessairement composé d'une échelle d'états, qui ne peuvent être égaux par eux-mêmes. L'égalité de ces états seroit une confusion, un desordre, comme toute confusion en est un. Point d'harmonie sociale qui ne tienne à l'inégalité des conditions, malgré les abus : cette inégalité est naturelle, comme fondée sur l'état social pour lequel l'homme est naturellement fait, ainsi qu'on le prouvera.

(*g*) *Tout cet ordre factice qui m'a rendu si malheureux.* Je soutiens que ce passage de la nouvelle Héloïse, suffisamment commerté, peut seul rendre raison de tous les paradoxes d'un Ecrivain antisocial, moins judicieux qu'éloquent : comme si le malheur de n'avoir pu épouser sa maîtresse, étoit un juste motif de déclamer contre la plupart des institutions sociales.

n'a que trop aigri dans M. Rouſſeau le levain d'une miſantropie atrabilaire, qui a été l'aliment de ſon fanatiſme de la liberté. Attribuer à cette ſorte de manie ſon Emile, ce n'eſt pas aſſurément lui faire injure; c'eſt elle qui ne comptant pas la vertu pour un devoir naturel de l'homme, a poſé pour premiere regle de l'éducation de ne rien enſeigner à un éleve à titre de devoir, & a preſcrit en conſéquence de ne pas lui défendre de mal faire, de ne le jamais reprendre.

Sous une profuſion de couleurs illuſoires employées à pallier une telle éducation, la véritable raiſon de l'artificieux Inſtituteur eſt ſa maxime fondamentale, que l'homme vraiment libre fait ce qu'il lui plaît; de laquelle il a averti que toutes ſes regles d'éducation alloient découler. Le regne de la pleine liberté de l'homme à tout âge : voilà donc l'objet capital du gouverneur d'Emile : objet qui lui a fait inſinuer de ſuivre certain jeune homme dans un mauvais lieu, plutôt que de contraindre le penchant déréglé de cet être libre. Il a fallu préſenter cette leçon d'éducation ſous la forme ſuivante.

« Je demanderois volontiers au
» gouverneur de certain jeune
» homme combien de fois il eſt
» entré dans un mauvais lieu, pour
» le ſervice de ſon éleve. E. T. 3,
» page 283 ».

Qu'a fait ici l'eſprit de charlatanerie ſoigneux de déguiſer, de laver, de farder la méthode d'un fanatique de la liberté? Il lui a ſuggéré l'échappatoire de finir par traiter d'étrangere, ſa queſtion, tandis que le ruſé Charlatan s'étoit démaſqué en réduiſant par ménagement, un gouverneur paſſif à n'accompagner qu'une premiere fois ſon jeune libertin dans le ſein de la débauche, non pour le reprendre de cet uſage de ſa liberté. Quiconque ne perdra pas de vue le but de l'auteur de la queſtion deſhonnête, l'entendra dans ſon vrai fens, & il reconnoîtra que la main qui a ofé lever un coin du manteau d'un Philofophe fi au-deffus d'elle, n'a pas cherché à découvrir ce qu'il ne cache pas.

Ce foible effai de critique de quelques - uns des abus de l'efprit philofophique , tend finalement à faire fentir par des exemples frappans la néceffité d'aller puifer les principes de toutes les parties de la philofophie morale dans une fource plus pure que le fyftême de l'abfolue liberté de l'homme. La fource que nous fongeons à indiquer, eft le fyftême moral de la nature fagement conçu. Nous avons entrepris de l'interpréter pour en faire dériver un corps de fciences morales, & l'établir en partie fur les ruines de la doctrine philofophique que nous avons commencé à attaquer. Le germe des premiers traits lancés contre elle, eft dans le traité d'interprétation qu'on annonce.

Cette production nouvelle a elle-même fes racines dans un fyftême de phyſique raiſonnée, qui a été le premier fruit de nos recherches dans le vaſte champ des ſciences naturelles.

L'étude de celles où nous a bientôt conduits notre phyſique rationelle, nous l'a fait négliger au point qu'elle n'eſt nullement en état de paroître à la tête de l'ouvrage ſyſtématique, avec lequel elle doit faire corps. On ne l'a pas abandonnée ſans retour, quoique les principes généraux qui lui ſervent de baſe, & les efforts que nous redoublerons, pour la rendre digne d'être produite au grand jour, nous raſſurent peu ſur la crainte qu'elle n'en puiſſe ſoutenir l'éclat. Néanmoins c'eſt à la lueur du flambeau de cette phyſique encore informe, qu'a été compoſé en partie le diſcours préliminaire de *l'interpréte de la nature*, qu'on ſe diſpoſe à publier, pour faire connoître l'étendue & l'objet principal de notre entrepriſe.

F I N.

www.ingramcontent.com/pod-product-compliance
Lightning Source LLC
LaVergne TN
LVHW012148170726
843503LV00009B/4038